First published in the United States in 2004 by Chronicle Books LLC.

Adaptation © 1998 by Caterina Valriu.
Illustrations © 1998 by Francesc Capdevila (Max).
Spanish/English text © 2004 by Chronicle Books LLC.
Originally published in Catalan in 1998 by La Galera, S.A. Editorial.
All rights reserved.

Bilingual version supervised by SUR Editorial Group, Inc.
Book design by Jessica Dacher.
Typeset in Weiss and Handle Old Style.
Manufactured in Hong Kong.

Library of Congress Cataloging-in-Publication Data
Valriu i Llináas, Caterina, 1960-
[Pulgarcita. English & Spanish]
Thumbelina = Pulgarcita / adaptation by Caterina Valriu ; illustrated
by Max.
p. cm.
ISBN 0-8118-3927-3 (hardcover) — ISBN 0-8118-3928-1 (pbk.)
I. Title: Pulgarcita. II. Max, 1956- III. Andersen, H. C. (Hans
Christian), 1805-1875. Tommelise. IV. Title.
PZ74.V35 2004
2003010287

Distributed in Canada by Raincoast Books
9050 Shaughnessy Street, Vancouver, British Columbia V6P 6E5

10 9 8 7 6 5 4 3 2 1

Chronicle Books LLC
85 Second Street, San Francisco, California 94105

www.chroniclekids.com

THUMBELINA

PULGARCITA

ADAPTATION BY CATERINA VALRIU
ILLUSTRATED BY MAX

chronicle books · san francisco

Once upon a time, there lived a woman who wished very much to have a child but did not know how to get one.

One day, she went to a sorceress and said, "I want to have a child. What should I do?"

The sorceress answered, "Take this grain of barley. It is not like the barley that farmers grow or that chickens eat. Plant the seed in a pot and wait."

~

Había una vez una mujer que tenía muchos deseos de tener un niño, pero no sabía cómo conseguirlo.

Un día, fue a ver a una hechicera y le dijo:

—Querría tener un niño. ¿Qué puedo hacer?

La hechicera le respondió:

—Toma este grano de cebada. No es de los que siembran los campesinos ni de los que comen las gallinas. Siémbralo en una maceta y espera.

The woman did as she was told, and after a short time a beautiful yellow-and-red flower grew. "What a beautiful flower!" she exclaimed, and gave it a kiss.

At once the flower opened, and sitting in its center was a tiny girl no bigger than a thumb. The woman named her Thumbelina.

She placed her in a crib made out of a walnut shell with violet leaves for a mattress and a rose petal for a blanket.

～

Así lo hizo la mujer y, al cabo de un tiempo, brotó una bella flor roja y amarilla.

—¡Qué flor más bella! —exclamó, y le dio un beso.

En ese instante, la flor se abrió. La mujer vio que justo en el centro estaba sentada una niña pequeñita y muy bonita, cuyo tamaño era menor que un dedo pulgar. Por eso la llamó Pulgarcita.

La arropó en una cuna hecha con la cáscara de una nuez. De colchón servían hojas de violeta y un pétalo de rosa era la colcha.

One afternoon, a big, ugly toad climbed in through the window while Thumbelina was sleeping.

Upon seeing how tiny she was, the toad said, "This girl would make a perfect bride for my son."

Then she picked up the walnut shell with Thumbelina still sleeping inside and hopped to the shore of the river where she lived.

"Croak, croak!" said the toad's son when he saw the pretty girl.

"You will marry her and live happily together," said the old toad.

They placed Thumbelina on a water lily in the middle of the river so she could not escape.

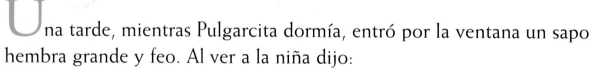

Una tarde, mientras Pulgarcita dormía, entró por la ventana un sapo hembra grande y feo. Al ver a la niña dijo:

—Estaría bien casar a esta niña con mi hijo.

Tomó la cáscara de nuez con Pulgarcita dentro y corrió hacia la orilla del río donde vivía.

—¡Cro, cro! —dijo el sapo hijo cuando vio a la dulce niña.

—Se van a casar y vivirán felices —dijo el sapo viejo.

Para que Pulgarcita no huyera al despertar, la pusieron sobre una hoja de lirio de agua en el medio del río.

When Thumbelina awoke and realized she was to be married to a toad, she started to cry.

The fish, who had seen what had happened, took pity on Thumbelina. They cut the stem of the leaf on which she rested, and the leaf floated down the river, carrying her away.

A butterfly fluttered near and the girl tied it to her leaf, using a ribbon from her dress. In that way, she sailed swiftly along.

—

Cuando Pulgarcita se despertó y vio el futuro que le esperaba, casada con aquel sapo, se puso a llorar.

Los peces, que lo habían visto todo, decidieron ayudarla. Cortaron el tallo de la hoja donde se encontraba Pulgarcita, y la hoja se deslizó río abajo llevándose lejos a la pequeña.

Una mariposa se acercó, y la niña la ató a la hoja con una cinta del vestido. De este modo navegaba más rápido.

But a passing beetle spotted Thumbelina and fell instantly in love. He snatched her up and carried her high into a tree. There, the other beetles began laughing at her.

"She has only two legs! She's deformed!"

"She doesn't have antennae!"

"What a skinny creature! Ugh! She is so ugly!"

They found so many faults with her that the beetle let her go.

All alone in the big forest, Thumbelina lived by eating nectar from the flowers, drinking the morning dewdrops and listening to the beautiful songs of the birds. Summer and fall quickly passed.

De pronto, pasó un escarabajo volador. Al ver a Pulgarcita se enamoró profundamente de la niña, la tomó por la cintura y se la llevó a lo alto de un árbol. Los demás escarabajos comenzaron a burlarse de la niña.

—¡Vaya! ¡Sólo tiene dos patas! ¡Es contrahecha!

—¡Oh! ¡Y no tiene antenas!

—¡Qué criatura tan delgada! ¡Uf! ¡Qué fea es!

Le encontraron tantos defectos que al final el escarabajo la dejó ir.

Sola en el bosque, Pulgarcita comía el néctar de las flores, bebía el rocío de la mañana y escuchaba el canto de los pájaros. El verano y el otoño pasaron rápidamente.

When winter came, Thumbelina, shaking with cold in her ragged dress, went to look for shelter.

Crossing a wheat field, she came across the burrow of a field mouse. She asked him for a bit of food.

"Poor girl. Come inside and I'll make something nice and hot for you," said the field mouse. "If you help me keep house and tell me stories, you can spend the winter with me."

Cuando llegó el invierno, Pulgarcita, con el vestido rasgado y temblando de frío de la cabeza a los pies, tuvo que buscar cobijo.

Atravesó un trigal y llegó a la madriguera de un ratón de campo, a quien pidió un poco de comida.

—Pobrecita, ven a mi habitación y te prepararé algo caliente —dijo el ratón—. Si me ayudas a ordenar la casa y me cuentas historias puedes pasar el invierno conmigo.

The field mouse had a neighbor who was a mole.

"He has a big house and nice black fur, like velvet," said the field mouse to Thumbelina. "If you marry him, you'll always have food in the cupboard."

When the mole visited and heard Thumbelina sing, he fell in love immediately.

But Thumbelina did not like the mole because he could not see the beauty in the flowers and birds that she loved so much.

El ratón tenía como vecino a un topo.

—Tiene una casa muy grande y lleva una hermosa piel negra y aterciopelada —le dijo el ratón a Pulgarcita—. Si te casaras con él, siempre tendrías la despensa bien provista.

Un día el topo los visitó y al oír cantar a Pulgarcita se enamoró inmediatamente de ella.

Pero a Pulgarcita no le gustaba el topo, porque no sabía apreciar la belleza de las flores y los pájaros que ella tanto amaba.

One day, when the mole took Thumbelina walking in a long tunnel he had dug, they came upon a dead swallow. Thumbelina was overcome by sadness at the thought that this was one of the birds she had heard singing so beautifully all summer long.

That night, Thumbelina returned to cover the swallow's body with a blanket. But when she laid her head on his breast to say good-bye, she heard his tiny heart beating and realized that the bird was still alive.

Thumbelina spent the winter nursing it back to health. When spring arrived, the swallow, feeling much better, told her, "Thank you for everything, Thumbelina. Will you come with me to the forest?"

"No," she answered sadly. "The field mouse would be upset."

⁓

Un día, cuando el topo llevó a Pulgarcita a conocer un largo pasadizo que había cavado, encontraron una golondrina muerta. Pulgarcita se puso muy triste y pensó que tal vez era uno de los pájaros que había oído cantar tan bellamente durante el verano.

Aquella noche, Pulgarcita fue a cubrir el cuerpo de la golondrina con una manta. Al despedirse, la niña apoyó la cabeza sobre el pecho del pájaro y sintió que su corazón aún latía.

Pulgarcita la cuidó durante todo el invierno. Cuando llegó el buen tiempo la golondrina, ya totalmente recuperada, le dijo:

—Gracias por todo, Pulgarcita. ¿Quieres venir conmigo al bosque?

—No —respondió ella con tristeza—. Al ratón no le gustaría.

But closed up in the field mouse's burrow, Thumbelina yearned for the sun and the flowers.

One day, the field mouse told her, "At the end of the summer, you shall marry the mole."

With the help of four spiders, Thumbelina began preparing her trousseau. They spun, knitted, sewed and embroidered all day long. But all the while Thumbelina dreaded the dark life she would share with the mole. She longed to see the world outside, with its many colors, lights and sounds.

Encerrada en esa cueva, Pulgarcita añoraba el sol y las flores. Un día el ratón le dijo:

—Cuando se acabe el verano te casarás con el topo.

Con la ayuda de cuatro arañas comenzaron a preparar el ajuar. Todo era hilar, tejer, coser y bordar. Pero Pulgarcita no quería al topo ni su vida oscura. Deseaba ver el mundo lleno de colores, luces y sonidos que había fuera.

One morning, very close to her wedding day, Thumbelina went outside to say good-bye to the sun.

"Good-bye, sun! If you see my friend the swallow, tell him I miss him."

Suddenly, she heard, "Tweet, tweet!"

It was the swallow, singing with joy to see her again.

When Thumbelina told the swallow how unhappy she was, the bird invited her to fly far away, to the warm countries where he went every winter to escape the cold and snow.

This time she agreed, and together they flew over forests and mountains, sunny meadows and vineyards with sweet grapes, until they arrived at a garden of a beautiful palace.

~

Una mañana, cuando ya estaba a punto de casarse con el topo, Pulgarcita salió para despedirse del sol.

—¡Adiós, sol! Si ves a mi amiga la golondrina dile que la añoro —dijo la niña. De pronto, escuchó: "Tuit, tuit".

Era la golondrina, feliz de volver a ver a su amiga.

Pulgarcita le contó su desgracia y la golondrina la invitó a volar con ella muy lejos, a los países cálidos a donde iba todos los inviernos huyendo del frío y de la nieve.

Esta vez, la niña aceptó, y juntas atravesaron bosques y montañas, campos soleados y viñas de dulces uvas, hasta que llegaron al jardín de un palacio muy bello.

The swallow set Thumbelina down on a big flower where a tiny winged man, white and transparent, was sitting. He was the King of the Flowers. As soon as they saw each other, he and Thumbelina fell in love.

The king offered Thumbelina his crown and a pair of beautiful white wings, so she could fly like him from flower to flower. He even gave her a new name: Maia, Queen of the Flowers.

When the swallow flew back to the country where it gets cold, he told this beautiful story to the man who tells fairy tales. And he, in turn, told us.

La golondrina dejó a Pulgarcita encima de una gran flor. Allí estaba sentado el Rey de las Flores, un hombrecillo alado, blanco y transparente. Tan pronto como se vieron, Pulgarcita y él se enamoraron.

El Rey le ofreció a Pulgarcita su corona y unas bellas alas blancas con las que podría volar como él de flor en flor. La llamó Maia, Reina de las Flores.

Y cuando la golondrina volvió al país del frío, contó esta bella historia al hombre que sabe contar cuentos. Fue él quien nos la contó.

Also in this series:

Jack and the Beanstalk ✦ Little Red Riding Hood
Goldilocks and the Three Bears ✦ Cinderella ✦ The Sleeping Beauty
The Little Mermaid ✦ Puss in Boots

 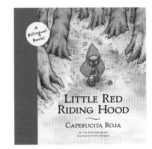 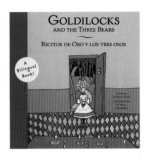

   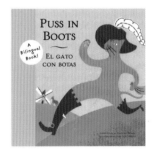

También en esta serie:

Juan y los frijoles mágicos ✦ Caperucita Roja
Ricitos de Oro y los tres osos ✦ Cenicienta ✦ La bella durmiente
La sirenita ✦ El gato con botas